第35届
青春诗会诗丛
《诗刊》社／编

纸上音阶

纳 兰 著

南方出版社
海 口

图书在版编目（ＣＩＰ）数据

纸上音阶 / 纳兰著 . -- 海口 : 南方出版社，
2019.8（2019.10 重印）
（第 35 届青春诗会诗丛）
ISBN 978-7-5501-5580-0

Ⅰ . ①纸… Ⅱ . ①纳… Ⅲ . ①诗集－中国－当代
Ⅳ . ① I227

中国版本图书馆 CIP 数据核字 (2019) 第 157179 号

纸上音阶

纳兰 著

责任编辑：高　皓
特约编辑：蓝　野
装帧设计：史家昌

出版发行：南方出版社
地　　址：海南省海口市和平大道 70 号
邮　　编：570208
电　　话：0898-66160822
传　　真：0898-66160830
经　　销：全国新华书店
印　　刷：阳谷毕升印务有限公司
版　　次：2019 年 8 月第 1 版
印　　次：2019 年 10 月第 2 次印刷
开　　本：787mm×1092mm　1/32
印　　张：5
字　　数：120 千字
定　　价：40.00 元

目录

C O N T E N T S

雨

"一滴雨水淹死了整个夏天"

在另一个时刻，

一滴雨水却是龟裂的土地的拯救。

这场纸上的雨

由我来掌控。

我说什么时候雨出现，

它就不会晚来一秒。

我说雨什么时候消失，

它绝不会溢出一滴。

我说雨大点，雨就瓢泼，

再大点，雨就倾盆。

再再大一点，雨就失控，就水漫金山。

我真想这一行的雨

转到下一行，

雨意，

也不消失。

我真想此岸的雨下到彼岸

雨的分量，

也不会减弱。

纸上的雨跟天上的雨

无有分别。

直到内心的雨和眼里的雨

都下到最后一行：

雨雨雨。

影 子

在光对你的笼罩下
它出现，像你倾倒出的灵魂里的渣滓。
当你被捶打
发声喊疼的时候
它是消音器。
当你喜悦
它代替你手舞足蹈
它拉长，变大的体积
如摇篮，将你包裹。
它其实就是你一生面对的
虚无的墙壁
你破壁之日，就能从影子里找到一条返回的路。

筏

一条河成为了此岸与彼岸的分野
与其用桥、船、彩虹弥合裂痕
莫若用爱
像彼拥抱了此。
十指为筏，
在看不见的海水
奋力泅渡。

苦修者

人不过是一棵在雨中行走的树
树只不过是被禁足的人。
树一生所做的努力
只不过是想为自己戴上茂盛的树冠。
浓荫是谦卑的树抛下的王冠。
有时候背靠着树而坐
它就是倚靠
有时候怀抱着树
它就是失散多年的兄弟。
只不过是一根白骨
在土里复活了自己的树干。
哪有想久居黑暗中的树根
根向树梢传递的是这样的信念
长成通天的梯子。
有些树已经掌握解锁之道
随时亮出体内的梯子。

黑色小溪

百千万亿只蚂蚁汇聚成一条黑色的溪流
你不必喟叹命如蝼蚁
蚂蚁即众生。
在对它们的观望里
你卷入蚂蚁的溪流，
跌入黑色的漩涡。
你曾踩着蚂蚁
也终将成为白骨而被蚂蚁踩。
蚁穴不是家，
只是暂居之地
这是我和蚂蚁的共同的诗学。
将自身砍下的枝条作为构建寺院的梁柱
这是我和蚂蚁共同的修行。

鹅 步

石子打碎湖水的镜子
分化出一千个我。
作为实体的我沉入湖心。
一颗在水的母体里沉睡的石子
一粒在蚌的身体里扎根的沙子
渴望某种变化
披着光的大氅招摇过市,
就像迈着鹅步
在虚构的田园招摇。
一支鹅毛笔写下的字词和鹅鸣
哪个更接近真理?
我只看见了真理的羽毛和碎片
而离它尚有十万光年的距离。

穿过黑暗

分别心带来痛苦
时常被外界的信息左右
他者的成就与光芒
成为了自我的黑暗。
跟随的是内心的节奏，而无需从众。
在充足的溪水面前，
也只是各取所需。
感谢那些抽打和力
它使陀螺永远保持旋转之姿。
一直站立。

南极之恋

这爱纯洁得像雪。
燃料缺乏、食物缺乏、维生素 C 缺乏
只有爱是丰盛。
爱能治好雪盲症
一个人甘愿用自己的身体复苏另一个人。
用爱写南极生存指南。
一个人填满了雪坑
一个人填满了另一个人。

墙

中间没有墙的分隔的时候
是一大家。
有墙的时候
是几个小家。
再到最后，他长眠于地下
子女们作鸟兽散
只剩下破落户
在所有翻新过的其他屋舍的映衬下
如一个讽刺
如一个提醒。

光的崇拜

一支瘦弱的蜡烛举着自己的火把
火苗一点点将它吞吃完毕。
灯笼唤醒了贫穷的记忆
当别人扯着真的灯笼玩耍
你却只能玩白菜根里点上蜡烛的伪灯笼
但快乐是等值的。
多年以后，你将自己活成了灯笼
小心看护着内心的灯火
不被风吹灭。
从尘世中拾取落叶和寂静
来作为补给。
抱膝望春山，
也抱紧内心的火苗。

鹅卵石

在水里待多久才能成为玉？
也许，多久都不会有化学变化
却会有美学变化。
卵石被流水的美学改造，
流水也被乱世改道。
会圆滑、有光……
但不想圆滑
不想近似于鹅卵
不想成为一条路面上的点缀
不想被赤足踩踏。
不想与天上的云
隔着水面和倒影的距离。

诗 难

写一首诗是难的
要经历一次产难和受难。
又要遭受非难。罹难。说难。
你想着也拥有一双钉痕手
一顶荆棘王冠
拥有把水变为酒的技艺。
一个传递佳音的信使
有鸽子落在他的肩头。
你在尘世经历鞭笞、羞辱、责难、非议，
你在水边如一棵垂柳
俯身倾听蛙鸣、蝉鸣、喜鹊的叽喳
一切声音里的启示。
诗是避难所，
诗是难的
你想将身体邀约到一首诗里
但没有通道。

会　当

活在自己的世界里
使用自己的词
划自己的桨
扇动自己的翅膀
点自己的灯。
凭借自己的感受力与想象力
坐等时间传递过来智慧。
已经领取了诗的入场券
品味夜空这首诗里的
高处和无限性。

雪 崩

目光在文字上的游移
就像亲爱的用自己的发丝撩拨你的脸颊。
一个思想的饕餮
每日在不同的书本里跨栏
把目光越不过的借据
比作子弹的卡壳。
想在哲学、宗教和美学里找到一条
通往诗歌的密道。
你不急于
付积雪一场浓云的遣散费
倒要像一个虔诚者
在跪拜里倾听弥勒肚子里的雪崩。

可见的与不可见的

一棵树蓬乱的头发
枝丫上的鸟巢
鸟巢里的鸟蛋，这是可见的

它吞掉了多少长河与画卷
它是把时间拘禁在体内的人
又是在年轮的跑道上疲于奔命的人
它想撑破肉身的皮囊，
抵达语言的边界，
从年轮的监狱里越狱。
而这是不可见的。

琥 珀

它在湖泊里，
离琥珀只有一种谐音的距离。
如果它凝固，
那它就远离流水。
该用什么标尺去丈量它内部的空间？
风动，幡动
而你在琥珀里不动不老。
面对一个龙门
你还有不断跃跃欲试的
念头。
作为一根枯草
你依然想试探雪深。

身体的暮色

一个泛灵论者与自然交换身份
垂入我心的
钓钩，能钓上来千堆雪、西风和暮色。
与外界保持一种舒适的距离
就是让一架飞机
不轻易向外人垂下自己的
舷梯。
不邀请杂音入耳
也不向外界投放它的影子和欲望。

是光而不是有关光的思想

一个省的冬天延伸到了另一个省。
在牡丹江的牢笼里,
只有我是旧的。

在身体的牢笼里,
有旧的血液。疏松的骨质。摇曳的心跳。
躲在门槛背后的猫
一开口吐出地仍是喵喵喵的旧词。

没有新的经验拯救濒死的感受力
也没有真理的话语反抗语言的狂欢和概念的统治。

太阳每日升起
但我不能把外面的太阳当作内在的升起。
就像我不能因为口中长出了智齿
就自称为有智慧的人。

那根看不见的唱针在年轮的旧唱片里
划出那"细瘦的呼喊"。

从思想的坚果里剥出诗歌的果仁

我站在光的相对论的另一侧
明亮只在作为词的时候，才值得信任。

还没有用溪水更新体内的溪水
还没有使星辰坠落为纸上的供词。

灰烬的寂静是我们的本质而童年的布老虎
已穿着大头鞋走失。

哦，牧羊人，愿你的话语
变为拯救。

受 难

谁来拯救我受难的感受力？

诗是一具不朽的身体
但没有洁净的灵魂与之相匹配。

返回诗
就是返回伊甸园。

我有两次诞生
一是从母亲的身体，另一次是从大地的身体。

在虚空的马厩里反刍星星的饲料
从反证法中获取生活的意义。

像是失去磁力的磁铁
没有发光的词趋向我，没有水流经我。
没有十万支箭镞射向我。

而我等着词的铁锤敲打我，词的利斧砍伐我
也等候它来造就我。

精　确

手握一张炼金术的残谱。
还在试验哪两个词语之间的碰撞
可以制造能量的聚合与转化。

曾被语言的绳子捆绑
也曾触摸到太阳戴着的
云朵的帽檐。

那条断了的句子的
链条

那棵断了一截枝子的
树木

那只被锯子锯断了腿的
蚂蚱。

一种语言的断裂就是身体的断裂
一种语言的洁净就是灵魂的洁净。

富足源于"精确的痛苦"
源于语言的百爪挠心。

词通向变为诗的途中

冥想，行走，坐卧
为从虚无之中得到一个万能之词。

词：
净化你的水，熬炼你的火。

医治你的药，
真理和光，青苔和泉声。

我的言说还在世俗里打转
未能言及井水里的清凉和柴扉里的静寂。

为词语找到躯体。
就像找到避雨的屋檐和洗心的圣言。

语言的欢乐

想占有词语的金矿
用词的一万种可能兑换万两黄金。

词语和黄金
等值于"意义的天平"的两端。

想绕过头顶的明月抵达内心的明月
只凭一份执念在词堆里寻觅黄金。

有没有一个词
既是道路又是真理？

究竟该着魔于常道还是非常道？
一个词正从身体里分娩。

蚂蚁在自己的洞穴里

你提前过上了否定性的生活
给原本喜欢的事物前边都加上了否定性的
前缀。

喜欢非确定性的道路、语言和宿命。
体验非正常的死亡。
假期。父的缺席。
意义常失控于词在语法的轨道上的脱轨。

蚂蚁在自己的洞穴里
它向外留意着星辰
在内心中倾听虚无。

呼唤一个遥远之词，就像呼唤亡灵。
只有不可抗力
才能让麦穗的膝盖屈服于风的镰刀

用空来涵盖一切
空的浓荫，空的受想行识，空的内心。

一切都没有超出空的边界
空在诸法和万有之中。
那返青的，等着马头琴用琴声收割。

轻 罪

肉身应像泥土一样
被赋形，在火里陶造和呼吸。

究竟神性的恒定偏爱在词的轻逸
还是物的沉重里
落脚？
偏爱即跛脚。
推向山顶的想象力的雪球越滚越大
它失衡于斜坡。

我的罪名是一种雪落在枯树上的
"轻罪"

这使我不能像一个灯罩
独自看守着一条光的河流。

绥芬河

我称它为随风河
一条随风的河
我在它的身体内，行走即是漂移。
我把爬坡看作是逆风而行
我像一条蜈蚣，搁浅的废船。
有桨千条
但只有一个橹。
我和另一个我行走在叫作通天或青云的路上
仿佛真有一法通向一切法
真有一条道通向虚无。

隐秘之美

沿途所见之物，
黑蝶和古柏。
我喊出了"鬼蝴蝶"
它的身上
携带着我孩提时，对神秘事物的探寻和恐惧。
我说像树一样生活，
根亲吻泥土
树梢亲吻云朵
内心的年轮，暗含一种隐秘的修行。
我在所有的路上
渴慕"道"和"美"。
像诗人一样
赤足踩踏在琴键上，聆听一棵三百岁的古柏所演奏的
宁静、喜悦和大自在。

扎鲁特山地草原

清晨被光和露水唤醒
苍耳、蒲公英和弯腰的狗尾草都在接受光的洗礼。

在葱郁的草原
忽然想要与一只羊互换身份。
只有身为一只羊
才配享有这空旷与静寂
才可获取更为持久的居留权。

羊用咩咩咩咩的叫声
诉说星空和草原供养自己的感激之情。

苍穹如盖。而我已获得时间的赦免。

宝古图沙漠

骆驼。行走的山峰。
它身上的那条起伏线让人想到波浪。
沙漠广阔
我也假装广阔。
我在沙漠中行走，假装忧伤和落寞
酝酿着天空啊下着沙的情绪。
我还没有学会与自己独处
我的心灵已被你颈项上的蝴蝶文身，
黑天鹅吊坠和孔雀戒指所霸占。
沙漠的干涸恰是内心干涸和倦于抒情的写照……
在沙漠，想到你就是甘霖，绿洲的比喻是可耻与贫瘠的。
而你，一个被上天眷顾的人
也背着自己的重担。

内心所示

把鱼钩甩向大海。
而你已像一条鱼占据了整个大海。
像一条鱼脱离了大海。

不再轻易地从这个世界索取
也不再轻易搬出内心的空椅子，等待光的落座，
雪的落座。

海豚、豹子和美人鱼
作为一个词在意义里溃散。

火炬被囚禁于自由女神像的手中
拈花微笑，群山静默。

世界不是你眼中所是
而是你内心所示。

消 逝

头顶上的乌云拉下来
谢幕。

它是被卸去锋刃的
箭镞。可有肯接纳它的草船?

明天像一堵墙,
使碰壁成为可能。

对爱有亏空,信仰有摇摆
撕裂感使车前草暴露体内珍藏的琴弦。

泪水：身体里的白金

泪水：身体里的白金、盐粒。
是谁越过了眼珠的障碍，从眼睛的隧道直入我心？
信奉净化的哲学，泪水就是对身体和万物的洗礼。
三万六千条河流在我的体内奔流不息。

通过自身的净化和过滤，
在水的镜子里，反映自己云朵一样的心
和飞鸟一般的自由。
天真还没有丧失，赤子之心还在。

我是河流的流向，
流水的边界，还是河流的源头。
从心经里，拣选一个词：观照。

身外无物，心内虚空。
有鸟巢和寒枝，不栖；为王，不占山；
为灵魂设立禁飞区，但不画地为牢。
想成为一个透明的器物，斟满百千亿光。

诗的净化

我祈求一行诗可以无限地延续下去……

你不能迫使垂钓者
丢下钓竿和雪。

就让我把句子的扩张和词语净化的技艺
用在一个人身上。

就让一行诗里的炭火
温暖另一行。

那体温计里水银的变化
多么像一首诗对灵魂的提升。

让一切都更新

他对待词的态度，
就像是在擦枪，就像是用定海神针给大海打耳洞。

他体谅旧词
仿佛用弹壳也能吹奏赞美的小曲儿。

有谁像他那样
依然对每一个词都充满歆羡与感恩。

仿佛每一个孤儿都重获了双亲
仿佛木船又回到了湖泊，而双桨终将握手言和。

木耳是怎么长出来的
他也有信心，照样为自己更新。

他祈求的事物如此稀少
要感恩的却那么多。

想象力的解放

向流星借锤解锁核桃里的光。
掌纹里的溪流过于狭窄，无轻舟可过重山。

修行的生活。苦寒的生活。
他的沉默大于雨声、他的冷静低于路面上的冰雪。
他像一个词语隐匿于一句话之中。

他就在指鹿和索骥的冲突之中，
期待意义的解放。
落单的孤雁、独桨、散兵、迷羊、枯叶……
他对寂静饥渴，对光饥渴。
陶制一个精致的瓮
把海螺里的海洋倾倒给倾听之耳。
患病的肉身更加渴求良言的慰藉。

世界犹如你举着螳臂迎向一辆生锈的坦克。
而蝴蝶无力扇动飞翔的翅膀。

溯源，即还乡

以圣言为心的客栈，
把灵魂投向绿色的邮筒，邮寄给诗。
诗，即他的另一个肉身。不朽的肉身。

如果诗开始发光，
那就约等于他在诗的身体上涂满了金粉，
重塑了一个金身。

他被困于空虚和虚无的半途。
等待真理的施救，意义的施救，
和怜悯之词的救赎。
溯源，即还乡。

像所有的落叶都在冥想重返枝头的智慧，
像一株树苦思脱离苦海的"道"，
一夜之间掉光了头发。
麦子的返青预示了日子的返青。

可说与不可说

他的语言是从沉默中捶打而来的精金。
他在空旷之地练习从落叶身上解读鸟鸣的多义性。
他有耐心把他人在一首诗里弃养的婴儿在另一首诗里养大。

他澡雪的精神，如马钉了闪光的马蹄铁，
而奔驰在空白的纸页。
他在可说的限定里试图抵达不可说的无限。

蝴蝶在麦芒上落脚，
独自度过人世的烦难……
在生之逆境负重前行的人。
从孤悬的明月里重获力量。

他隐身，缄默，敲打后脑勺的反骨，
从身体里敲打出内心的铁锈和黑夜。

他如一棵树
从一个疆域跳入了另一个更广阔的疆域。

折叠风声

合拍。是在两排的树叶上最先实现的
他执迷于心相之间的辩证法，
企图修心来消除脸上的刀疤。

在小径和微言里，
他寻找大道和大义。

风声的子弹，
促使修行者在意念里穿上防风的袈裟。

寒号鸟发出"道危"的警示，
而无执之人早已在道之外。

沉默是最妙的诗。
拂尘之人，
精于拂去诗中的谬见。
布施之人，善于把安慰的火光施与受难者。

词语的肉身

节节草每一节都有自己的意愿
倘若一心建造通天塔，就要把己意顺服于天意。

一条绳子的一生，
绳结即劫难。

安禅之人，
他把松散的光阴搓成了捆缚毒龙的绳。

一生都输给了光阴。
一生都在寻找词语的守恒定律，
把生命之光倾倒给词语的肉身。

一生也当知足于
几个单词里释放的不竭的光
酷爱光的人，
早已成了"夸父"。

饮 光

你昂首的样子就像是引颈就义。
没有沉重的肉身被罚上刑架，没有雨水的栅栏将你因禁。

与光亲近的时候，没有落叶降下干扰。
没有一片落叶与另一片树叶的击掌。

于你的头顶祂种植王冠
并赋予你，对无量内心世界的管辖权。

一个在黑暗监牢待了太过长久的人
每一个张开的毛孔都在贪婪地渴饮光的乳汁。

万物欣喜于活着

公园里的秋千与海棠
互道早安。

蘑菇状的凉亭，
不满足你的胃，却容纳你的身体。
布谷鸟衔来星光和新雨
为远山布道。

你伸出手与仙人掌握手。
麦田接待瓢虫和它驮着的
七个星星的魔法师。

你看见戴着辔头的耕牛在大地上犁出波浪，
才想到
也要管辖好自己的舌头。

光之手拥抱我们
就像无臂的我们用心拥抱生命树。

钻木取火

必须借助外力
一点点的
疼。

火的念头从舌头吐出
然后，给身体披上燃烧的外衣。
火，消失在灰烬里。

我写诗，
好像是到了约定的还款日期
不得不从寂静里举债。

想象力

蚂蚁绊倒大象的野心和想象力，
才可用词语的光线
缝合一个山巅与另一个山巅的裂缝。

在沙漠里的饥渴的孤独之旅。
感受力，即反刍的技艺。

麻雀需扮演裁缝的角色，
借燕子的剪刀，剪裁一件白云的衣裳。

我还是坏掉的时钟，
指针停留在昨日。

牧羊人的杖和鞭子，
鞭策羊群
既不偏离溪水和青草，也不偏离彩虹和约定。

一把米

需要火,也需要水。
需要熬炼。
需要把刚硬的心放在沸水里煮出柔软的身段和馨香。

一把米挑起战争,
一把米也平息干戈和饥饿。

在社会的米缸和丛林法则的发酵池里
一把米提炼出身体里的醋
也可能是酒糟。

这时常空空的
米袋。渴望装满词的米粒。

富 饶

多么尴尬啊
一个诗人不富饶
就像被刨光的玉米棒子，
旗杆没有大王旗。

多么可悲啊
他空有一堆碎瓷和胶水。
他无法解救星光和泥足深陷的藕。

唯有蜜蜂给我带来光的消息

我还没有成为自己的父亲。
我还没有与自己为敌。
我还没有从经书上寻获真理的碎片
拔出肉中的刺。

井水与河水各怀心事。
猫和老鼠还没有缔结和平条约。
时针还没有彻悟
分针还在钟表里打转。

圆规还在模仿数字 4
练习单人舞。
海鸥、老鹰和蚂蚁也还在镇守着自己的疆域。
兔子的传令官还没有接到老虎的号令。

风博士还没有破译七星瓢虫身上的
密电。
我写一封无人能懂的求救信。
我在梦里接收逝者反馈的天国信息。

词语的魔术师

魔术师的帽子是一种虚空的饱满。
帽子偶尔客串鸟巢。

必须让人相信舌尖飞出的黄鹂，就是你看见的那一只。
但是说出，就是割让。

必须用一个新的谎言来掩饰被拆穿的西洋镜。
眼睛被欺骗，但心灵偏不认输。

灵魂如走停的指针
还不能丢弃这肉身的时钟。
而上紧发条的
青蛙，又开始了蹦跶。

我们不相信道理
却相信肉身。
我们惧怕真理的两刃
却在人世的道路上迷途和欢愉。

像光返回舌尖

倒着走路
我就不是急于收割彩虹和青草的
镰刀。
而是顺性的麦穗。
迎向刀锋
而不躲避火焰。
一株麦穗低着头
有三个心思——
对世界保留无数个问号
还表谦恭
最后想跌回大地。
倒着走路
就不能相信眼睛
应该从鸟鸣的提醒里
分辨雪和雪人。
蜗牛退回到一居室
像婴儿返回温暖的子宫。
一切都在返回
像光返回舌尖。

砍 伐

轮到森林去砍伐人，成为自己的主人。
有的树木成为斧子的把柄。
有的树木咬住了斧头，
成为消解暴力的美学。

你的魔术之手从树木的身体里，
掏出椅子、梯子和柜子。
直至将树掏成一个树洞，
你对着树洞诉说自己的虚空。

你想将椅子、梯子和柜子放回去，
但已无安放它们的身体，
魔术已经失手。

鸟脱笼

走在了一条时间的道路上。
一个在天、地和人心之间任意行走和往返的人。

把行走变换成言说。
不过是一个汉字的转换，
将"通"字的走字边，换成
"诵"字的言字边。

我说的银针刺穴——
既是时间对人的刺穿，也是人对时间的刺穿。
早已分不清何者是时间，何者是肉身。

秩 序

内心的水位与河流的水位不一致，
导致失衡，决堤。
头顶的星空与内心的星空是不是同一个星空？

高铁，高塔，
并不能更快地抵达云端，
更近距离地触及真光。
我们把即将和终将消逝的事物
搬运到内心的储藏室。

想从弗洛伊德的现实原则逃往帕斯的诗学原则
并渴望恢复"伊甸园的秩序"。
事物并不繁杂，
所有漂泊的树叶都在返回树身的路上。

柔软词

我想起了柔软词。词就是心。
柔软的词，即柔软的心。

塔的内心柔软，
檐角的风铃声柔软，塔的影子柔软。

谁拥有一条内部的台阶，
谁就能通往塔尖。

谁拥有剔除的技艺，
谁就能显明身体里的软玉。

银杏树深谙舍得之道，
不对风吝啬任何一片银杏叶子。
它布施出自己的所有，
重获所有。

一滴水

一滴水醒来，
就成了草叶上的露珠和哨兵。

站在眼角，
就成了肉身完成净化后的"泪水的证物"。

一滴水砸向水面，
大海就睁开了"肉眼"。

钉 子

一枚钉子，
拒绝锈的蚕食，拒绝还没有燃烧就成为灰烬。

在石头上划出火花，
并不能证明自己就是火柴。

一生信奉坚硬的哲学，
从铁锤的敲击中，获得进取心。

蝉

蝉。在土里安睡。大地即是它的子宫。
它被蒙在鼓里，独自聆听众生喧哗；
它亦深藏响鼓，
随时愿为树荫下的蚁群，倾倒雷音。
从大地的肌肤凿开一个孔，
光
就开始灌注于它的七窍。
它在树的秤杆子上，
行走如砣。
身披金刚的铠甲。
铠甲亦能舍，身亦能舍，法亦能舍。
蝉。既是树下的觉悟者。
亦是树上的法布施者。
然，我非鸣蝉，非有脱壳之术。
尚不能舍此心。

母 亲

母亲。一所房子。

我的暂居之地。避难所。

一件只穿一次，就再也不合身的衣裳。

一生只有一次，在母腹的河流中，漂浮如一片树叶。

一生只有 300 天，我与此世界隔着一个人的距离。

我诞生的时候，

一颗心被掰开了一半。

她曾像一座寺院一样，而我是她体内的钟声。

背负母亲的时候，我成了蜗牛。

像蜗牛一样背着自己的房子，不离不弃。

倦鸟知还时，

大地是另一个鸟巢。另一件恒久的衣裳。

无 我

香樟树是我，三叶草非我。蓝色的鸢尾花是我，蓝色非我。

石楠是我，荼蘼非我。

大海是我，海水非我。

炊烟是我，烟囱非我。麦芒是我，麦穗非我。

寂静是我，躁动非我。

蝉鸣是我，蝶舞非我。山涧是我，月出非我。

泉声非我，危石是我。

日色是我，青松非我。

杜鹃花非我，杜鹃鸟是我。无语是我，无雨非我。

在大地上，行吟者非我，卧者是我。

在原野上，稻子是我，稗子非我。

清净是我，污秽非我。

琉璃非我，光明是我。

众生是我，众生里无我。

虚己之道

假定他有"三颗心"
一颗浸泡在海水里受盐的折磨
一颗以云为邻。
剩下的一颗如钟鼓悬置于
身体的寺院。
在一个文本里
在无数的文本里。
唯一的心寻找唯一的路口。
她没有走出来,
他还没有走进去。

妙 悟

进得了山门，
却摸不到法门。

羡慕瓶子
有乌鸦衔来石子让水溢出。

一个空弹壳
还能对人群有什么敌意？

竹筏载人
它散开了就是柴薪。

坐莲花者

我曾让流光变得婉转。
而你也曾为我脸上的荣光，心生欢喜。
我踮起脚尖
试图摘取石榴里裂开的星星。
何为方寸之地种植不朽的事物?
一个人坐井观天，仿佛空
罩住了空。
你说潜龙勿用
你说莲花开了，菩萨终于有了落脚的实处。

千手千眼

从垂下的柳丝那里模仿柔和谦卑
"笔直"是被钉在十字架上的感叹号，问号里藏着秸秆
弯曲的仿生学。
谁的成熟还如麦穗带着金黄的芒刺，
谁就要被架在火上。

稗子和麦子混杂，
如孪生、如鱼龙。但燕子有分辨的剪刀。

一株麦穗内心饱满安坐于枝头
一千株麦穗的手里握有千只眼睛。

如鹿慕溪

锦衣。夜行。
灵魂多次脱离肉身，像一阵风一样，逾墙而行。
这失却了灵魂的肉身，
像失去了生气的老屋，衰败，荒凉。
自我的更新，不是在原址上，
一所新居覆盖一所旧居。
饱满的葫芦，倒出所有的言辞
携带十万支箭镞，奔向雾中的草船。
我站在溪边给内心灌注溪水。
我徘徊于林间，给双耳的酒杯，斟满鸟鸣和月光。
金银花，
正抖落身上的金银……

风的分身术

想要穿过你
这愿望如此强烈。

仿佛你是盔甲、护心镜、密室、边境，
和窄门。

这骆驼练习风的分身术
穿过针眼。

这沮丧，
像光线遇到棱镜后的折返。

仿佛一阵风
不用翻墙就可以进入另一个世界。

为未来写一首诗

仍需要蘑菇伞对抗蘑菇云
仍需要童话拆穿谎言
仍需要囿于天地的自我营救困于牢笼的
众生。
仍需要一瓶可乐、三支烤翅。
仍需要积木、沙堡、隐身斗篷、勇士之剑
仍需要爱。
仍需要彩虹、窄门、白鸽、橄榄枝
仍需要朴素的道理里藏着普世的救赎。
仍需要七十七个原谅。
仍需要心灵之山水与自然之山水找到对应。
仍需要肉身朽坏之前
为灵魂找到新的栖所。
仍需要诗人，一个理想国。

蝴蝶效应

要过多久才能从长长的黑暗隧道里走出来？
从而，获得生命的更新，语言的更新。

蝴蝶就像是使用了假的芭蕉扇
制造了烈焰和风暴。

为了逃避肇事之责
它频繁更换住址、身份和活法。

一只蝴蝶驮着另一只蝴蝶
就是肉体的合一，
灵魂的合一，
羽翼的合一。

诗的机器

读书和写诗已是为数不多的消遣。
他这样介绍自己：
"姓刘，名菜鸟"
被誉为写诗的机器，
意味着批量的生产。报废夜晚的虫鸣
给稀缺的山水贴上合格的标签。
他拼命地写，用一首诗的呆滞修正另一首的
虚妄。
他沮丧，挫败，
为偶尔的灵光和神来之笔而欣喜。
他没有能力把烛光、星光、波光
移植到纸上。
但为了免于荒芜，他的锄头更锋利了。

心电图

一首诗做人的企图
暴露在几个词里，山脚、针眼、银耳。

经二百零六个
云朵的台阶抵达肉身的长亭。

雨水使墙壁上的污点转作
青苔的证人。

木栅栏
有抵御秋风打劫浑圆落日的豹子心。

从锯齿的波浪里
绘出心电图的医生还未出现。

挫 败

梦中，有小蛇
雪化般钻入脖颈。

几乎没有词语代替腊梅发出持久的香气，
来缓解灯泡失去闪电的阵痛。

需要坚果躲避沉船
需要蚯蚓百千万亿个分身。

写下通泉草，
就是打开树荫的牢房

释放钟表里时针的乌龟和分针的兔子
返还大海和红萝卜。

暗秩序

水里有鱼，吐出灵的泡泡儿和波澜。
水上有桥，
但南边的榆树从不过桥去握北边桑树的手。
这是生活的秩序。
纸上遵循另一套破碎的法则，
像厌倦了集体主义的
松鼠，银杏和水杉，
它们忙着
用锯齿草拉锯词语的链条，
把自己变成松。杏。
水杉也尝试着要把自我颠覆为山水。
于是，金枪逃离鱼，
子弹射向曲终的鸳鸯。
以上这些妄语，
是由章鱼的
八只手蘸乌贼吐出的浓墨，仓促写就。

布 道

布谷鸟的良言需落在良田里。
而雨
却没有分别之心
它落在荷叶的凉亭和葫芦藤的电话线上。
提纯词语的人，
还在蜗牛的仙人洞里
屏息，冥神。
软弱的人，还在寻找窄门、洞穴和树叶来裹身。
一颗悬挂的梨也会空心如钟，
撞出呼召义人和歹人的
钟声。
人心复杂，需透过门上的
猫眼，来看这个世界。

言辞之土

一种灵性的喜悦，涟漪般荡漾开去。
随便丢一片小石子到湖心，
会起波澜。
如果旧年，
言语里，
含有对自身的禁锢
那就相当于用今夕的明月去翻检昨日的江畔。
一个对寺院里的空山，
怀有情结的人。
沉默。就像用辔头勒住马口，
专注于反刍青草。
敬畏感。源自内心，再经由舌头说出的
言辞之土
会将肉身一点点埋葬。

白　鹭

甚至你胸前的一粒扣子都值得羡慕
它每日被解下

又扣上。都要经过你的手指。
我不曾介入你的生活，但却介入了你的梦境

空的山河。
你摘下木兰，用波浪标注卡尔维诺。

这些鸟儿和羽毛的事物
深得你心又可被轻易捕获

你可以用来信仰。
一张柔软宣纸上，笔意唤醒影子临帖实体。

空 山

其实山空的已容不下一个人。
此中的真意
需用赤子之心，观石壁呈僧侣的法相。

肉身和词语，
究竟哪一粒麦子通往返青？

醉心于词语的空山，
渴慕新雨。

何妨在大地的生死薄上
勾掉名姓。

光恰似水

为这端庄之美而折服并不羞耻，
美贴近美意。
谁懂得将内心清空的奥秘，谁就加倍获得
丰盈。
呼吸，即是内心的荒芜置换
翠色。
终日不忘之技艺，是编制一张能接住金苹果的
银网子。
你在光中张开的双臂，
像牧羊人招聚羊群。
素心之人，
诚然愿意在画布上出售活水。青草。雪。

反 向

前边会遇见什么？
还没有对自己吹足圣灵之气
最好不要遇见芒刺，也不要变身为气球。
控制石头起飞和蒲公英落地的
念头。
没有九齿钉耙的人更容易成为
草船和靶心。
稻草人
用形意拳恐吓麻雀。
想着落在纸上的词语能如霜雪覆盖瓦檐
一条想越过龙门的
鱼，却成了水中的车夫。
想趋向光
却反被暗牵引。

无锄可锄

手指终止了对琴键的抚摸
你掐灭了内心的微澜。
你戳破窗棂，
窥见一阵风吹倒了纸老虎。
我有无锄可锄的悲苦
亦有拘囿于肉身的灵魂。
是镰刀收割麦穗的时候了
我拧紧了墨水的瓶盖，
不倾洒出一滴人世的黑。

食 言

谁的良言，可当煎饼泡在寺门的一碗羊肉汤里？
啄木鸟
望着病树林，无从下口。
云雀却忘记
把一颗心从云的当铺里赎回。
红薯泥，杏仁茶，冰糖雪梨……
这些让我显得词语丰富，
却不足以让我内心富足。
我多么渴慕降龙木和接骨木身上的品性——
让龙降服，让碎骨得医治。
就像我此时此刻站在瑞应峰的脚下，
仿佛按照指示牌抵达了琉璃光。

冷青松

松树对日色更敏感。

它的身上遍布松针
谁在为一棵树施以针灸？

是怎样的磁力，
使一棵树布满尖锐的松针？

它的头顶落了雪
也只能成为一块抗霾的口罩。

隐　喻

一条羊肠小道 Y 一样岔向两极。
字母 A 还没有塔一样矗立，
你就顺着塔尖滑了下来。
与其卸下 H 腰间的单杠，
何不唤来 E，
左转 180 度，
构成非字形的鱼骨和梳子
T 还没有变形为蘑菇，
雨水就顺着一把蒲公英的
伞的漏洞，
从 B 的头部流入 Q 的脚尖。
D 集聚锋利的箭镞和抚弄琴弦的手。
谁砍了之字的头颅，
让它成为不再探头的大写字母 Z？

元无雨
——读王维有感

天空 。一条白云的直线。
惟有白云在道"一"的时候蔚蓝才会沦为
底色。
汉字之明，明不过阳台宫顶上的日月。
在山中，
银杏代替不了桑叶，
但需要像蚕，
咀嚼空翠带来的淋雨之感。
一个人的高蹈，近似于树枝上的两片叶子，
难以从脚本中起身。

非 相

带上捆仙锁去子虚镇捉鹤。
任凭蚂蚁去跟影子角力。但如何才能不被阴影所吞噬?
一双叩问大地的
螳臂,何以撑起自身的意义?
一柄鹤嘴锄,倒地
宛如瘦鹤。

旧 物

未经洗礼和窄门
就只能一直旧下去。
像一声蛙鸣游不回荷叶上蛰伏的蛙。

危 石

我说出线圈，木乃伊身上并未通过战栗的电流
紧箍还在。
我呼唤念出咒语让肉身疼痛的
僧侣。但谁是那位掌握救赎技艺的人？
斧头、百草枯，
若不能成为改良和医治的词，那锋利
和毒性，
也只能瞄准自身。
我像是我口中说出的话语，
但我什么都还没说，我还没有从我的口中诞生
还没有学会如泉声咽下危石。

无所住

你栅栏的渔网，房子的围裙；燕子在屋檐下筑好的巢穴
成了房子的耳朵。
你捕风，遮掩自己的过错
像哑默的知了
复返，
却没有宜居的洞窟。

卷 尺

还有多少真光是值得向日葵高昂着头颅?
从前像字母 d
有向上之心。而今从蜗牛处学会了向内
又或者更近一步来说,
蜗牛的内心盘绕着
一条蛇。
我是我自己的刻度。
释放出炊烟的时候,我是烟囱
我倒下如一把钢哨,
我空,
我等你来奏响海螺里深藏的
旋风。

草 赋

被拔下的节节草。一节安插在另一节上
仿佛植物也在练习肢体与肢体的连接。

在风里摇着的
狗尾草，像是一条尾巴足以代替整体活着。

唯有水可以洗掉金钱草满身的铜臭。
它持续地用一个自我将另一个自我埋葬。

车前草顺服大地的心意，
不曲意，不逢迎。

何首乌、马齿苋、苍耳、仙人掌、人参。
部分即整体。

石 榴

所有的词，都被我豢养在内心
它们被薄膜所隔膜，
不碰撞，
也不产生意义。

一个被舌尖吐出的词，它下坠的速度
如陨石。

它尝过活水的滋味，被光照，
它从门缝里侧身，
撞到门栓。像 1 碰到一。

枝头上的夜空坠满沉甸甸的
星星。
一颗石榴的内心
贫穷而辽阔。

高 举

小时候，被父亲高举过头顶
这是我最为崇高的时刻，也是我最黄金的记忆。
而作为
一只成年的蚂蚁，不再有被高举的时刻。
它要途径死荫的幽谷，
然后顺着旗杆
升至顶端，
再被无形之手缓缓降下。

你嗜酒，赌博
你的人生输给了醉意。
而我矢志成为你的反面——
"诗歌是崇高的道路"，我为自己赢得诗人的桂冠。

父亲，你在另一个世界
我们如同行人和鸽子，
各散各的步。

个人史

回不去了，
院子里的花椒树和无花果树
还在我的记忆里绿着。

三间瓦房里
有属于我的西间和一张床
那里躺着一个人的发烧和无人问津的幼年。

抽屉里
有十支偷来的圆珠笔，而奖状贴满了墙壁。
那漏雨的房子里，那口底子烂了的铝锅，
煮熟了一个少年的孤单和恐惧。

三十年了
我的左手端着爱，右手练习将仙人掌摁向内心。
我不曾为你流泪
却像一个行走的墓穴一样，我埋葬着你的死。

等云到

会有爱，会有良田
和细雨。石榴会迸裂开
最先跳出来的籽粒，将在一首诗里成为饱满之词。
会有对立面。有人传递佳音，
像无花果树传递夏天。
会有青草、窄门和迷途之羊
冷漠和无望。
会有稗子和麦子。
会有墓碑。

盛　宴

他们看我卡在沙漏的腹部，进退失据。
在人间行走就有不能流沙般柔软、弯曲的痛苦。不是
从这端到那端
也不是从树根到树梢。
树荫为繁茂分封领地，我的肋下只裹挟了风。
不必洋葱
急于用减法自我剖白。
也不必坚果
羞于大摆仁的盛宴，词的盛宴。
在年轮的水域里，
我只管用霜雪荡起孤舟

接骨木

为了避免当局者迷
只能跳出来。棋子代替火车欲行不轨之事。

在阿尔山，只想流淌
"不冻河"一样，不为外物所动。

愈发刚硬如龟背岩
可以被马踏，被针扎，但不被收买和网罗。

唯有接骨木唤醒并医治我骨节与骨髓间的伤痛。
唯有马头琴里的雨声还在嘶鸣。

这次我不劈出接骨木体内的十字架
只想乘桴浮于海。

钓 雪

不过是钨丝之心藏匿于肉身的灯泡。
不过是伸长了耳朵倾听
闪电。
这一生别无所长，
无非是渴慕琉璃之身和般若智慧。
不比一千朵蝴蝶和七滴蚂蚁占有更多的土地和海水
但渴慕轻和小。
这树枝和堤岸绵长辽远
我还没有让羽翼在语义里
垂钓。
也没有精通障眼和炼金的法术。

高贵的知己

一排排
在风中垂首的芦苇，
它代替我温习谦卑，又围墙一样把我阻挡在意义之外。

树，堆积小雪的石头，田野，悬崖，
大海，天空，海鸥……
这些事物，是我要步行去一一拜访的高贵的知己。

事物让我释怀，愉悦，
我像是从事物的洗礼和净化中
获得了新生。

鹿鸣湖

我用语言之绳缚住了自己。
若没能从鹿鸣湖中提炼出人性之美和神的悲悯
反倒像是赶赴风景的刑场。
你看出我的局限
就像我看出驼峰岭的
水囿于自己的天池。
在仙女湖绕圈
是编花环，也是推铁环。
若不能从风景中跳脱出来，
自成风景
石塘林和龟背岩就不过是内心所遭逢的鬼打墙。

燕尾蝶

蒲公英的剧场簇拥着众多的耳朵
风在传递佳音。
蝴蝶是外邦人。
唯有狐狸不可信任。
人散后，启示的钟声就可以让庭院覆盆子一样
丰满。
燕子把燕尾服移交给燕尾蝶
像是脱去了尘世之重。

诗 艺

落在羊身上的雪是雪的洗礼。
啄木鸟啄出菩提里的
星月。锯齿草在鹤嘴锄的颈部拉锯的时候，
拳头松开了五指山。
塔已厌倦于塔尖的抵达
离异的松针
一半遮蔽松下的童子，另一半缝补白云的漏洞。
钟摆甩出球杆击打虚无的高尔夫
莲花替淤泥里的藕倾倒浊世里的荣光。

羊

他就是用羊的眼神
触摸闪电的人。
之后，还剩塔尖在半空中孤悬
与明月两两相望。
天啊，请宽恕我愚昧之罪，
一柄鹤嘴锄里藏着的奥秘，我还没有参透。
肉身实在是有限
寿数、智慧和眼界皆为有限。
作为一只羊，
我不想在羊圈之内，也不想在羊群之中。

玫瑰峰

此峰有茵陈、车前草和忍冬……
唯独缺少玫瑰。
其实，
我想说的都隐含在这第一句话里了。
把茵陈揉搓
它芬芳的词义才彰显。
车前草才是好信徒，对车轮坦然无惧
被碾压，就是被修平的——道路。
忍冬被称为良善的儿女
它因忍耐到底，必然得救，
它的富足写在脸上——金银花。
玫瑰峰就是最好的诗人：岩石之身，玫瑰之心。
玫瑰峰就是一道窄门，
我会从玫瑰和峰之间的缝隙穿过。

像麦子一样

进入句子所指涉的世界。　意味着
要躲避词的绊脚石、句子的锁链和语言的囚室。

有时候诗句只是被淘气的弹弓击毙的路灯
模棱两可的路标，
不是目的地。

要有把一束麦穗的喜悦分解成众多的
颗粒的爱心。

有人在泥土里腐烂
有人在泥土里新生。

星 空

星星排列成骏马的形状
而我的身体是马厩。

煮一锅鱼汤
而勺子挂在夜空。

一颗星可以不群、不争，
不属于任何一个星宿。

它用陨落写出最后的
一行诗。

它将失掉赖以骄傲的光芒和寂静……

而读懂星象的瓢虫
沉默不语。

在南乐县拜谒仓颉陵

你不禁问出了一个问题
仓颉造出的第一个字是什么?

这个字会不会像"道"一样
贯穿于万物始终?
像光一样
驱逐净尽暗夜?

像盐一样
使百味生?
阳虚山下
洛水岸边遇到的那只巨龟使他顿悟

你要学会谦卑,
像苍颉一样给自己戴上草帽。
你渴望双眼四目,
从龟背上解读出暗藏的天象和玄机。

在仓颉陵,
你知道天为雨粟的奇迹。
也得知任何一条词语的鲤鱼都不能那么轻易地
跃出一首诗的龙门。

观荷记

一朵荷叶上的露珠之美不低于一万亩荷花之美。
每一株莲都手持莲蓬般的玉如意。

你艳羡变色龙的仿生学
它可以很快的融入自然。

此刻，你不想"莲花化身"，
只想着化身为莲。

但一万亩的荷花池中
已容不下一个多余的你。

水上之莲花高于水面之众荷叶
这多像一个人从众生中超脱出去的愿望。

搬 运

要将体内的巨石搬运出来
对抗虚无的浮力。

沉下去
或许是陨石返回星星的唯一路径。

作为马戏团里的一员
人生的滑稽戏像一只狗熊踩着圆球走路。

法器失灵、执念无效。
谁是你的救兵呢?

群蚁搬运着腐烂的事物进入蚁穴
更像是一场哑默的葬礼。

藕

荷花和莲蓬，这是能拿出来炫耀的部分。

污泥中的莲藕，
这是所遮掩的部分……

每节藕受洗后，都有洁净的肌肤 。

但不要忘了，
还有无法清洗的内心。

属灵的争斗，是藕丝捆绑灵魂。

莲蓬远离源泉
已喷不出水珠和冤屈。

你将我推入天堂

想要穿过你
这愿望如此强烈。

仿佛你是盔甲、护心镜、密室、边境，
和窄门。

这骆驼练习风的分身术
穿过针眼。

这沮丧，
像光线遇到棱镜后的折返。

仿佛一阵风
不用翻墙就可以进入另一个世界。

泉 声

声波的沙粒轻触耳膜的滤网就如给灵魂
接通意义的电流。
倾听者的刨子一边咽下假想的锯末
并一边给崎岖抛光。
愿溜冰鞋和机翼都能经由平滑的跑道
驶入云之栅栏的隔离带。
你躺下成为一条五里那么长的陪伴。
这样就可以既是道路也是真理。
你是我虽有百千万亿手臂
仍不能企及的光源。

荣 光

行走的身体，
承担筛子的职责。

一边剔除泉声对危石的侵扰。
一边模仿乌云拧出体内多余的雨水。

对某物的偏爱
就是驱使一根针在另一件衣裳里落脚。

如果挨过寒冬，所有的叶子都会赶来
为一棵光秃秃的树道贺。

灵魂的显影液

写诗度过糟糕的日子
就是从深林的当铺里赎回松鼠、野兔和陷阱。

一个人穷的只剩下信仰
还有珍爱的香柏树，膏油，光，盐。

扔出去的漂流瓶不会变成折返的
回旋镖。

真正的诗是一滴灵魂的显影液
照见你涂改过的足迹。

光线的感召

这速朽的肉身逼迫你为灵魂寻找
恒久的栖息。

诗，不但要竹筒倒豆子
还要有撒豆成兵的手艺。

光线的感召，
促落叶扶起影子的摔倒。

任性的竹签已屈服于
竹筒。

词

一个徒劳
像从石狮子嘴里抠出石球。

未经之境

它是私人领地，
藏着星光、大海、风暴、马厩、缰绳、草料。

它是一根狗尾草串起来的
玩具手枪、飞镖、四角、红领巾。

它是隔着电视屏幕
打死的若干只飞鸟。

如履独木桥、薄冰，这恐惧的加剧与消减
这落满灰尘的器物，生锈的兵刃。

它是被蛀虫侵蚀的木质四条腿
撑起的生活的平面。

投 宿

啄木鸟
轻敲一棵树的门。

雨夹雪
一场洁净的欢爱。

隐秘的路径
从两行铁轨里岔开。

就像火车
开进身体的隧道。

爱是对一个人产生投宿的
愿望。

雏 菊

你的寂静凝聚十几株绿的
灵魂的簇拥。

如果凝视能制造一个雨水的牢笼
就让冰淇淋的车轮
瘫倒于光的注目礼,而永不与车前子身上的车辙吻合。

你以绿意裹身,
颈项悬挂一条细小的河流。

你湖水映衬的侧脸,
如明月降服山峦的争竞。

如荷叶收容露珠。一个灵性的词语
终于拣选了一具圣洁的肉身。

虚 度

今日虚度，没有诗来造访。
没有一块天真的橡皮涂抹伤感的铅笔。

没有清水耽延墨汁
去勾销掉白纸生出拘禁溪水的愿望。

没有石狮子
从镇守的庭院前移动半寸脚步。

你声音的鼓槌
慵懒伴随恍惚，还没有敲击到远山的耳膜。

任凭影子的醉意搀扶光的廊柱。
雨仿佛也公平了一次，从那里下到这里。

负轭

我们互为模具。倾轧，受限，
于流水的体内剥除反骨并按照寒意为彼此赋形。

一个人通过墙角的青苔和檐下的冰凌
延伸出对外部世界的爱。

光还没有照入深林而形成
绿荫。任何门闩的侵入都是对柴门的冒犯。

我从烟囱呈现的炊烟
测算炉火。

雪已经修正了脚印
你不知道龟背驮着石碑去向了哪里。

薄 暮

在你的身上寻找一条可以让薄暮隐身的
清溪和小径。

有欢喜从空潭溢出，但桑叶仍需警醒蚕蛹
对时间的反噬。

你给十架披上外衣。红叶李激发醡浆草的爱心，
并勉励露珠行善。

对长堤的敬意和探索，绝非蚂蚁窃取蜗牛之壳
作为避难所。

蘑菇佯装鹤而单腿站立。
我敲击落日的快捷键并删除信仰的文档。

新 橙

仿佛湖水对白鹭鸶的期待有了影子的回声。
不设置光线的栅栏和负暄的暗号。

听潮、焚香、洗砚、漱泉众多的通灵之事物
哪一个词可以通向你?

你设定通泉草的路标
然后以溪水的面目，激发鹿的渴慕之心。

每日耳朵对旷野的倾听
都在用眼睛撕开一片卷心菜的叶子。

你的素手分拣出噪声里的寂静，并鞭策我
剥开新橙。

论现代诗

应该缩小它与生活的距离。但星辰诱使
生出一双摘星之手。

规行矩步总比不上芦苇之逆风，燕子在疾走。
假装给词安装防滑链。

柳树的倒影给流水注射镇痛剂。
一片幼小的树叶牵着两片年长的

躺在细雨清扫过的路面
提供爱消除凋零和枯黄的明细。

它也是仰望浮云遮住月亮。
但在白菜和小葱的差异性之中，必须结束苹果的讨论。

这么近，那么远

用耳朵破译你隐藏在海螺里的空旷
倾听你声音里的
玫瑰和闪电。

我们彻夜加添语言的柴薪，烧旺炉火，
并在黎明
将煮沸的柔肠及时蒸发掉。

一个人自言自语，就像孤舟撞向岛屿。
交谈，
就是吐丝缚住自己，或一条水草缠住另一条。

你说的每一个词
都是利刃携带着凤鸣
又如一颗行星堕入深渊里的黑暗。

诗的功效

忆起了苍耳粘在裤腿上
这是甩开词的前奏。

然后，看苍耳变成了流星锤和七星瓢虫背上
誊抄下来的天象。

他嫌弃芦苇而艳羡蒹葭。
挖洞，用一个词挖掘另一个。

他被脱去外壳的糠麸掩埋，锯齿草划伤，被蛇惊吓。
陷在自设的陷阱并期待天空垂下

一条光的绳索。他背着
看不见的五行山，宛若西西弗推着自己的石头。

返 景

前边会遇见什么?
还没有对自己吹足圣灵之气
最好不要遇见芒刺，也不要变身为气球。
控制石头起飞和蒲公英落地的
念头。
没有九齿钉耙的人更容易成为
草船和靶心。
稻草人
用形意拳恐吓麻雀。
想着落在纸上的词语能如霜雪覆盖瓦檐
一条想越过龙门的
鱼，却成了水中的车夫。
想趋向光
却反被暗牵引。

听说光向她走来

一起摆动着天使的翅膀，说着诗的语言。
闪电羞涩，雨水清纯。
做一粒死去的
麦子。
再为你返青，为你金黄。
在黑暗里，
就是乌云沉溺于乌江。
万物皆欲昏睡，而她的心
透明如银杯。
听说光已向她走来。
听说她已
御风而行。把云朵当羊群一般牧养。

草 莓

你不来，我就不是火焰。
你的眼神不来采撷，我就持续地衰老、
寂灭。
一颗心
愿意为你丰饶。
将自己摆上，献出汁液和芬芳。
我行走在从草尖抵达明月高悬的
途中，
有时浮于水上，有时四面楚歌，卡在一棵树里
你要来搭救我。

隐

我筑好了城池。春天。
草木深深。
然后
为你降下夜色
宜于锦衣夜行。
这一切被笼罩的事物里面，并不排斥你的
尖锐、疼痛和孤独。
那条走着走着就会隐去的道路
有一扇狭窄的门。
你必须把欲望和心灵瘦下来。

执 念

我要你柴扉紧闭，无人叩响门环。
要你寂静如月光，安抚踢蹄的马匹和波浪的鼻息。
我要你睁开的眼睛，
可以盛下世间全部的美。

如果黑暗是一种命运，
我要你成为
我身体里的那一片光。

想 念

它会使一个人饱满起来，成为麦穗和葡萄。
就像芦苇灌满了风。
在星群之中
我不以光芒的大小
辨认你。
远山微云
惟有你最清醒和寂静。
我为你摆放烟波浩渺、湖岸和岛屿。
可供迷途。

一切都是新的

筵席是新的
来欢庆的人是新的
缸里盛满了水，酒也是新的。

迷途的羊站在羊群里
青草也是新的。

小鸟从一棵树飞向了另一棵树
没被拣选的树木，
彷佛度过了自己的逾越节
蚂蚁步入树荫
它们制造的黑暗是新的

一切都那么完美，好像秩序从未被打乱
光是新的，
彷佛婴儿刚刚开口说出的第一句话。

水带恩光

我典当光、青草和香柏树
用清风来偿还明月的利息
这些钟爱之物
亦尽可埋藏和焚毁
其实我只想放猛虎于山林，制造
事端。证明我的存在。
你是我的啄木鸟
啄出我体内的病虫害
我并没有被完全医治
喜欢你用新的名字命名我的，
一千种侧面．
你可看着我发芽，有毒
成为孤立无援的马铃薯
我是它身上的
那一点点绿，仿佛新生，的确有罪。

灵魂落雪

一切皆有美意。
就像站在苦难的尽头，我反刍苦难的青草。
灵魂落雪
宜用内心的银杯，
承接这凉薄和寒意。
锯齿草在一棵树的身上拉锯
摇动内心的教堂。
雨夹雪，就像一个干净的拥抱。
你给我春天
我还你"山河拱手和一笑。"

像树一样生活

以前只是风闻有你。
而蒲公英飞起来，也绝非是借助于自身的力量。
为了豢养体内的蝴蝶
和风暴。
我总是过着树一样的生活
挣扎
但不露痕迹。
我也总是像树一样，勤于拓宽内心的疆域。
以谦卑的姿态
坚守对天空的向往。

像落叶一样

他是圣洁的根。
凭借着他，我们得以脱离泥土和坟墓
靠近阳光、天空和云朵。
一个肢体连接着另一个肢体
但根却只有一个。
河流宽阔，羊群低头在生命的源头
欣然取水。
布谷鸟在讲道
乌鸦清心
一只麻雀带领一群麻雀在祷告
翠鸟唱赞美诗
左边的树叶轻轻地拍响了右边的树叶。

楼兰女子

我还没有融入薄暮
和深秋。
没有和琴声里的
雨水相合。
镜子碎了，但镜子里的那个人
还未获得解救。
我还不够清洁和无伪。
我看你时，有邪念。
比鸽子的眼神
浑浊。
你要覆盖我
像雪覆盖雪山。

美的判决

虚荣者。
躲在暗室里忏悔。
竹筐里的草莓，新鲜、饱满。
是采摘，
而不是创造。
歧途里埋葬旧时山水。
众生百态里，
我仅有一相。
一念。偏安一隅
离炊烟不远，离心很近。
在我的领地里，
私设刑堂，把星光捆成一束。

青 橙

你是绣在时间之布匹上的星星
饱满。明亮。
睡莲，
被无声之水漫过。
信使
是从魔术师的袖口
飞出的白鸽。
我从风烟俱净的天空之城窃取爱、箴言和佳酿。
我谨守的秩序
无非是只允许蝴蝶
亲吻你身体里的花蕊和溪水
不许萤火虫点灯。

灵魂的幼鸟

从时间的花蕊中
盗取蜜。

灵魂的幼鸟，
饥渴。

纸上音阶

一睁眼：
夜。轻轻褪去薄纱，裸露黎明的美。
苍山负雪，
铁树花开。
内心的幼狮，蹚过星河。
一个汉字
躺在棺椁和坟墓里。
我常想把死去的词语打制成锋利的
兵器，
为你刮骨疗毒；
或者木船为棺，被浮云和荒草覆盖。
狐狸
落日。时间的栅栏，被更多的事物跨过。

清醒的迷途

借助橡皮，
还可以擦去笔尖刻下的漩涡和波澜。
母鹿靠近青草地
我领你，
到可安歇的水边。
学会在冬天
辨识，
雪落在白菜身上的时候
哪儿是语言的黄金。
在词语的内部
我为你敞露明月之心。
我像一只木质的铅笔
蜷曲成，
你身体里的婴孩。

温暖的侵袭

俘获蔷薇、岛屿和千堆雪。
纵猛虎归山林用橡皮擦去闪电，
只剩下羊群和手帕。
从草莓到心，
是灵与肉的契合。
词的金箍，
勒疼了思想的骏马。
门扉虚掩，
到底能不能经过窄门进入永生？
像麦穗
光的美酒斟满身体的银杯
天使在啜饮。

清白之身

每天都滋生新的罪恶。
舌头上绽放一千朵谎言的莲花。
雪比藕更渴望清白之身。
我有白璧。
微瑕。有水中无法涤荡净尽的邪情
和私欲。
我躺在自己的火柴盒里
这就是坟墓。
我还没有说出
火焰。遗言。献出自己的心。
我还没有复活。
天地混沌未分
而万物还没踩过我的一寸土地。

默 许

我喜欢这里，
这里就盛产竹子。竹林清幽的可以拧出露珠
和蝴蝶。
不要被我所捏造的虚美
所俘获。
要像向日葵那样，从苍穹里蠡测神秘；
谨守着光的忠贞。
我已卸去心怀的
利刃。经过童年的苞米地时
心。贴了上去，
抢占一颗玉米的位置，那片金黄
与我有份。
风从上往下吹，
像是得到某种默许，从头到脚地亲你一遍。

私 奔

逃到一首诗里，
我们做一对安静的
词。相敬如宾，
像梅陪伴鹤。
如果需要洗濯灵魂
河流是躺下来的瀑布。
允许你涉足，
潜入。
我们就隐居在神的一首诗里：
在光之一隅。